不器用なボクと小奇麗なミク

城谷創懐
SHIROTANI Kraft

文芸社

心臓の奥深くで幾度も重低音が膨らんでいる。七回目で鎮まった。スマートフォンには「川越」と添えられた電話番号が浮かんでいた。

鍋が白濁の泡を噴き出す。台所に駆け、弱火にする。夕食の米を炊いていた。炊飯器が無いので、鍋を駆使して炊いている。中火で沸騰させて吹き零れかけたら弱火で十分間だけ待つと白飯が完成する。十分を過ぎると鍋底に米がこびり付くし、十分未満だと白飯が水没する。未だに慣れない。その間にテレビのリモコンの再生ボタンを押して、音楽番組のトーク部分を観た。嫌々待ち構えていたけれど、アルバイト先からの電話は再び掛かって来ることは無かった。

無事に米が炊き上がる。ボクは働けない烙印を押されていた。基本的に働くことは難しいとされる精神障害者二級の認定を受けているのだ。高校生の頃に課題のストレスからか、発達障害になり、それが大学卒業後の就職中にも再発したため、主治医から精神障害者二級と診断されたのである。

市販のレトルトカレーを電子レンジでチンしてご飯に掛けた。ジャガイモ、タマネギ、ニンジンを切って豚肉と一緒に炒めて煮込めば確かに美味しいけれど手間を惜しんだ。初めて聴いたK－POPの歌詞を横目で見ながらカレーライスを口に運ぶ。食べ終えてから、冷蔵庫にチョコレートのアイスバーを取りに行く。前歯で噛み切れなくてコーティングされたチョコレートを奥歯で砕く。

昼間に近所のスーパーマーケットへ寄った事を憶い出した。帰り道の交差点で信号を待っている時に、突然声を掛けられた。

「あんた、イケてるね」

年配の女性だった。ありがとうございます、と返して横断歩道を渡った。その人の顔は見なかった。

アイスがテーブルに垂れた。残りを一気に口に放り込む。音楽番組が終わっていた。救急車のサイレンが今日も鳴っている。皿を洗い、歯を磨く。水筒を手に自分の部屋へ行き、錠剤を一錠麦茶で流し込んだ。リビングに戻り、テレビを消して階段を上がる。

二階には高校の卒業アルバムがあった。「ありがとう」の文字を組み合わせた「夢」の一字が印象的な蒼い革の表紙を捲ると、当時の友達が書いてくれた一言コメントが目に飛び込む。「これからも犬猿の仲だよ」今になって読み返すと、滅茶苦茶仲が悪かったみたいに綴られていて失笑する。恐らく「竹馬の友」と書きたかったのだろう。

ボクが見たかったのはこれではない。授業風景の写真に切り取られた一人の女子高生の顔である。そこにはボクの顔も一緒に写っていて、分かり易く頬が赤らんでいる。その隣には親友のマツがカメラ目線で顔を歪ませている。ボクらの前の席に座っているのがミクとその友達のメグだ。四人が中心を見ながら顔を突き合わせて何かを話している。この写真で一番大きく写っているのがミクだった。セミロングの黒髪から覗く切り立った鼻先と切れ長の目は彼女の美しさを物語っている。成長した彼女を一目見たい。幼気な面影は今も健在なのだろうか。

クラスメイトの顔写真が見開きに並ぶところまでページを繰る。そこでもマツの表情は歪んでいた。ミクの表情はほとんど真顔だけれど、笑窪があった。額が広い。出席番号が彼女と一つ違いで隣り合わせだったため、ボクの顔写真もミクの上にあった。写真の頬にあるニキビを剥がしたくて爪で掻く。

ミクの顔立ちを目に焼きつけてから卒業アルバムを閉じた。しばらくスマートフォンでゲーム実況の動画を視聴してから瞳を閉じて、朝へとワープする。

逓増する尿がボクを内側から叩き起こす。スマートフォンで時間を確認してから一階に下りた。今日は特に予定が無い。トイレに行って乾いた食器を片づけてカーテンを開けてスマートフォンを充電してからソファーに座る。立ち上がり冷蔵庫を開けてポットの麦茶を空の水筒に注ぎ二口飲む。父親は二階の寝室でまだ寝ている。テレビを点けて録画した深夜アニメを再生した。激しく血が迸り、返り血もリアルで想像以上にグロテスクだった。オープニングテーマは話題の新星アーティストが担当していて、歌詞が聞き取れないほど激しいロックな曲調だった。スマートフォンで歌詞を検索して黙読する。

階段を蹂躙する音が段々と大きくなっていく。父親が下りてきた。顔を出すタイミングを待ち構えて「おはよう」と挨拶を交わす。カレンダーの情報では父親は休みの日だそうだ。ボクがリビングに居座っていると、父親は出掛けてくれる。録画していたクイズ番組を流して、出された問題に出演者よりも早く口頭で解答した。難問を正解すると思わず「イエス」と言って気分を高める。難読漢字が得意だ。知らない漢字も言葉さえ識っていれば推測で読めた。ひらめきの問題は一時停止して熟考したのち分からなくて答えを見る。

そういえば卵を切らしていることを憶い出す。九時半に近所のスーパーマーケットが開くから、朝ご飯を食べてから買いに行くことにした。六枚切りの食パン一枚をグリルに入れて火を点ける。焼けたトーストにマーガリンを塗りたくり、レタスを千切って醤油ドレッシングを掛けたサラダも用意する。クイズ番組の続きを再生して朝食を終えた。九時四十分だ。スーパーが開店している。

不織布マスクを着けて外に出ると、セルリアンブルーに満ちた秋の青空が風で白く掠れていた。引っ掻き傷のような雲が空に走っている。小さな坂を上り交差点に出る。信号待ちの時間に周囲を見渡すと、長年続いていた書店が閉店セールをやっていた。自転車が眼前を横切る。一つ目の横断歩道を真っ直ぐ渡り、すぐ左にある横断歩道も渡り終えると目的のスーパーマーケットに着いた。自動ドアを通り抜けようとした瞬間、ドアの向こうからお婆ちゃんが向かってきたので譲ると、若い女性同士の会話が背後から降ってきた。

「あの書店じゃね」

「きっとそうだと思う」

二人の声にはどこか聞き覚えがあった。振り返った時に目に入った後ろ姿は妙に大人びていたけれど「メグとミク」と名前を口にしてみる。声の源を探すように二人がボクを見た。

「ソウヤ君？」

「あ、そうだけど」

ボクが発するが早いかミクが早いか、「久しぶりだね」と言われた。四年ぶりのミクは、高校の時とほとんど変わらない風貌でそこに居た。制服ではなくて、くすみピンクのワンピースを着ていた。今も制服なはずはないか。スタイルが以前よりも引き締まっている。胸も前より大きい。

「ソウヤってあのソウヤ君かぁ」

メグは今頃ボクのことを憶い出したようだ。

「せっかく再会できたわけだし……ついて行って、いい？　閉店セール」

「スーパーに寄るんじゃないの？」

「気が変わった」

「気が変わった、って、ミクー、もう行くよ」

「そうだね、じゃあねソウヤ君」

「またどこかで」

メグとミクは足早に書店の方向へと駆けていき、小さくなっていった。

追いかけずにスーパーに入店する。買い物籠の取っ手を掴み、アルコールを掌に噴射してから野菜売り場を颯爽と抜けた。卵売り場に着くと茶色い殻の卵を選び、買い物籠に入れてレジへと向かう。途中、秋限定のサツマイモのスナックがあったのでそれも買った。キャッシュレスで買い物を済ませて店を出る。まだ、ミクが近くに居るはずだ。家に帰り冷蔵庫に卵をセットしてから、書店へと向かった。信号は赤だったけれど車が途切れたタイミングを見計らって渡る。書店の自動ドアを通る瞬間、固形化寸前の空気が肺に引っ掛かる。店内はいつもより混んでいた。店頭の話題本コーナーを軽く流し見して、単行本エリアに向かう。まだ上映されていない映画の原作小説があった。内容が気になるけれど映画まで楽しみを取っておきたい。五百円セールのコーナーがある。人気作家の代表作などが並べられていた。家族連れが先に見ていた。ボクが後ろから近づいたら、絵本コーナーに移ってくれた。ミクを探したいけれど、あちこち辺りを眺めていると、不審者のように映る危険性があった。

ＤＶＤコーナーに居るのではないかと、探してみるがどこにも見当たらず、ＣＤコーナーにも、ゲームの攻略本コーナーにも居なかった。もう書店から外に出ているのだろう。諦めて出入り口を見ると、メグが自動ドアを通る瞬間が目に入った。ミクも一緒に外へ出たのだろうと推測して、彼女の後を追いかける。そこまでは衝動的に動いていたのだが、ストーカーだと思われそうな気がして足を止めた。街中でその場にずっと居るのも不自然なので、一旦自宅の方向にゆっくり歩く。ポケットの中で振動がボクの脚を叩いた。画面を点けるとＬＩＮＥが一通来ていた。

ミクからだった。「急でゴメン。今、喫茶店。一人だよ」

ここから十五分程度歩くが朝霞台駅の中に有名な喫茶店はある。でも、八分程度で行ける最近オープンした喫茶店を一軒知っていた。足がその方向へ動き始めたけれど、返信のメッセージを送ってからそちらに向かうことにして、ひとまず立ち止まり「もう一度、会いたい」と打ち込んだ。二秒待ったが既読は付かなかった。ミクのＬＩＮＥのアイコンが、極端に加工された彼女の顔からペンギンのぬいぐるみに変わっていた。

　爪が伸びている。白く不潔な皮膚の死骸が一センチも付着しているボクを見ても彼女は引かないだろうか。顎を触るとコリコリと音を立てて髭が折れ曲がった。もともとスーパーに行くだけの予定だったので普段着だ。黒いズボンには白い糸屑が何本も張りついている。爪を切る時間と、髭を剃る時間は気持ちの問題だが全く無く、一旦帰宅して着替えることにした。髭はマスクで隠せる。いや、食事中は外すか。結局、シェーバーで逆剃りして軽く短めに整えた。全部剃って奇麗にする時間は心が許さなかった。薄青のデニムに穿き替えて、深緑のジャケットを羽織り、玄関を出る。

　ゴミ収集車が物凄い勢いで燃えるゴミを何袋も食べていた。生ゴミ味のゲップを嗅がないように、少しだけ大回りをする。横断歩道の無い車道を向こう側まで渡るにはいつも少しばかりの勇気がいったが、逸る気持ちに駆られて今回はスムーズに渡れた。ここから直線距離に目指す喫茶店はある。ガードレールで仕切られた細い歩道を進む。アイスクリーム専門店や焼肉屋を越えて、薬局

郵 便 は が き

料金受取人払郵便

新宿局承認

2524

差出有効期間
2025年3月
31日まで
(切手不要)

160-8791

141

東京都新宿区新宿1－10－1

(株)文芸社

愛読者カード係 行

お名前《ふりがな》		明治 大正 昭和 平成 年生 歳		
ご住所《ふりがな》	□□□-□□□□		性別 男・女	
お電話番号	(書籍ご注文の際に必要です)	ご職業		
E-mail				
ご購読雑誌(複数可)		ご購読新聞 新聞		

最近読んでおもしろかった本や今後、とりあげてほしいテーマをお教えください。

ご自分の研究成果や経験、お考え等を出版してみたいというお気持ちはありますか。

ある　　ない　　内容・テーマ(　　　　　　　　　　　　)

現在完成した作品をお持ちですか。

ある　　ない　　ジャンル・原稿量(　　　　　　　　　　　　)

書　名			
お買上 書　店	都道 府県　　　市区 郡	書店名	書店
		ご購入日	年　月　日

本書をどこでお知りになりましたか?
1.書店店頭　2.知人にすすめられて　3.インターネット(サイト名　　　)
4.DMハガキ　5.広告、記事を見て(新聞、雑誌名　　　)

上の質問に関連して、ご購入の決め手となったのは?
1.タイトル　2.著者　3.内容　4.カバーデザイン　5.帯
その他ご自由にお書きください。
(　　　)

本書についてのご意見、ご感想をお聞かせください。
①内容について

②カバー、タイトル、帯について

弊社Webサイトからもご意見、ご感想をお寄せいただけます。

ご協力ありがとうございました。
※お寄せいただいたご意見、ご感想は新聞広告等で匿名にて使わせていただくことがあります。
※お客様の個人情報は、小社からの連絡のみに使用します。社外に提供することは一切ありません。

■書籍のご注文は、お近くの書店または、ブックサービス(0120-29-9625)、セブンネットショッピング(http://7net.omni7.jp/)にお申し込み下さい。

や高級パン屋を横目に大股で早歩きを交えながら風景を割っていく。ミクがわざわざ一人で、しかも居場所を明かすのは、ボクと二人きりになりたいからに違いない。いや、そう思いたい。彼女の顔を思い浮かべて自然と早足になる。

目的の喫茶店に着く。最近オープンしたばかりで、まだ一度も入ったことは無かった。扉はガラス張りだったから中の様子が透けて見える。ミクらしき人影は見えない。奥の方の席に居ることに賭けて、自動ドアを開いた。何人かの客がボクの方を見た。遠くのほうに目を向けてミクを探す。黒いエプロンをつけた女性の店員が、一名様ですね、と確認してきたので、はい、と答える。好きなところに座って大丈夫ですよ、と言われて安心した。奥の席でミクが一人でコーヒーを啜っていた。

「ミクちゃん、来たよ」

ボクが後ろから声を掛けると、ミクは徐にコーヒーカップを置く。

「あ、ソウヤ、来たんだ」

「隣、いいかな？」

ミクは少し考えてから、いいよ、とぶっきら棒に言った。

落ち着いた曲調の洋楽が掛かっていた。左隣の椅子に腰かける。

「メグは？」

訊いてすぐに後悔した。二人きりの場を用意してくれた彼女に失礼だ。

「パート入ってるんだって。だから、離脱」

「そうなんだ。それはホットコーヒー？」

「ウィンナーコーヒー」

「んじゃ、ボクも同じのを貰おうかな」

「はい、ご注文ですね」

店が小さいのでボクの話し声で先程の女性店員が寄ってきた。ウィンナーコーヒーを頼む。その後でミクちゃんが、いいんだよ、好きなの飲めば、と吐き捨てるように言った。数秒で運ばれてきたウィンナーコーヒーは、真っ白いホイップクリームが層になって渦巻いている。湯気が立っていたので冷たい息を吹きかけてから飲んだ。火傷しかける。

「猫舌なんだ」とミクに言われる。

彼女の顔が真っ直ぐボクの方を向く。目を合わせる。瞳の中を観察するように。

「あのさ、私のこと好きでしょ？」

唾を飲み込む。恋を始めるチャンスだ。何度も何度も逃してきた恋愛のきっかけ作り――。


最初のチャンスは高校一年生のときだった。柔道場で突如開かれた緊急集会。教室内で財布の窃盗が頻繁に起こっていることへの注意喚起だった。出席番号順に並んで静謐に満ちた柔道場へと入る。春の臭気を吸った畳を踏み締める度にわざとらしく床が揺れる。ボクは出席番号が一つ違いのミクに恋をしていた。そんなボクに恋愛のチャンスは不意に訪れる。

「ソウヤ君、好きです！」

振り向くと他のクラスの女子が立て膝の恰好をしてボクを上目遣いで見つめていた。一人ではない。三人の女子が一斉に「好きです」と愛を放ってきた。嬉しさよりも困惑の方が勝っていた。一人では無く一気に三人から告られるなんて。しかも全員初対面で他のクラスの女子ばっかりだ。いつどのタイミングでボクのことを知って、そして恋愛感情を抱いてくれたのだろう。

「ありがとうございます」

口を開いたらボクは三人の女子に感謝をしていた。彼女たちは不思議そうな眼差しでボクを見上げている。

「一気に三人から告られるなんて、ボクってそんなにモテるんだなぁ」と言いながら親友のマツの元へ駆け寄る。

「そうみたいだね」とマツは引き攣った笑いを見せていた。

もう三人の女子は散らばって、どこかへ消えていた。

二回目のチャンスは高校の卒業式の日だった。卒業式が終わり、帰りの会が始まるまでの教室待機の時間。恋をしていた出席番号が一つ違いのミクと別れが近づく最後の時間。担任の先生のアイデアで、その日限りの最後の席替えをすることになった。割り箸の先に数字を書いた先生特製の籤を引き、その番号の席に移動するという流れだった。引いた数字を前の黒板に書かれた図の中に見つける。結局、ボクは初恋の相手と近くになることは出来なかった。その彼女の名は清水《しみず》未来、ミクだ。

新しい席をボクは勝手に「新天地」と呼んでいた。新天地に着くと前後左右隣の四人が女子だった。特に心を許していない女子たちだったので、リュックサックから読みかけの文庫本を取り出し、読み始めた。読みかけ、といってもあと少しで読了するクライマックスの場面だった。登場人物の一人が死ぬか生き残るかが決まるスリリングなシーンで、展開が目まぐるしく変わる。教室に居ることさえ忘れて、本にかじりつく。ふと、前の席の子がこっちを見ていることに気づいた。

「その本、面白い？」

前の席の子が話しかけてきたが、とても良い場面なので返事をして物語を途切れさせたくない。黙っているとその子は、さらに顔を近づけて、本を読むボクを覗き込む。あと数ページで読み終わる。まだ死ぬか生き残るか分かっていない。指が本に被さった。前の席の子がハートマークを作ってボクの視界に置いていている。ラブコールされた。そこまで面識のない女の子から。話したことも数えるほどしかない彼女がボクに恋をしていたなんて。登場人物の一人が死んだ。物語が終わる。本を閉じると前の席の子は前を向いて項垂れていた。「絶対イケると思ったんだけどね」とボクらの展開を期待する声もあちこちで挙がっている。絶好のタイミングを逃した。でもボクはミクに恋をしているから、と自分に言い聞かせる。けれども、後悔の念が押し寄せてきてそれは次第に大きくなった。ボクはミクの清楚な人柄に一目惚れしていた。でもボクから直接ミクに想いを告げたことはない。ボクが臆病で告白する勇気が出なかったのだ。それでも彼女のことを背後から凝視していたのでボクの恋心がミクにも透かされていたのだろう。

あのさ、私のこと好きでしょ。そうミクに言われてから何秒が経ったのだろう。ボクはまだ何も言えずにいた。不本意に生んだ沈黙という回答をミクはどう受け止めているのだろう。

店の自動ドアが開く。

「実は、ＬＩＮＥで場所を伝えたの、一人じゃないんだ」

ミクは出入り口の方を見て、そう告げた。

「あぁ、ソウヤに先を取られたか」

マツの声だった。今も年に四、五回はお互いの家で遊んでいるため、すぐに分かった。マツはボクの後ろを通ってミクの右隣に座る。

「私たち、付き合っていたの」

マツがミクの元カレだと信じたくなかった。動揺を隠すようにウィンナーコーヒーを一口啜る。口の端からコーヒーが溢れた。紙ナプキンで拭く。

「いつの間に」

「えへへー、知らなかったでしょ」

マツがミクの肩を気安く触ってそう言った。

「知らなかった知らなかった」

マツはメロン色の長袖のシャツに黒のジャケットを羽織っていた。

「二人してウィンナーコーヒーかよ。そしたらオレも」

「だから好きなの飲めばいいのに」

ミクが呟く。ボクのウィンナーコーヒーは泡の残滓がコーヒーの上に漂っている。

「いつから付き合ってたの？」

ボクの質問にミクが答える。

「高校卒業後にマツが私にＬＩＮＥしてきたの。確か『好きです。よかったら家にきませんか。一人暮らしです』そんな感じ。それと住所。私、大学入学までずっと暇だったから。一人っ子だからね。行ってみるか、って、マツの家の住所のとこググって行ってみたの。そしたらちょうど外出中だったらしくて、後ろから肩を叩かれて、コンビニに行ってた。来てくれたんだ、とか言われて」

ミクがコーヒーを一気に飲む。釣られてボクも飲む。

「んで、マツの家に上がり込んだってわけ。懐かしいものがいっぱいあった。例えば、小学生のときに読んでた児童書とか、昔のテレビゲームとか」

「へぇ、楽しそうだね」

「楽しかった。んで、マツが買ってきた炭酸飲料とかお菓子とか適当につまみながら、ゲームしたり、映画観たりしたんだ。帰るの忘れるくらい。だからね、私、何度もマツの家に行ったの。そしたらある日、マツが『オレたち、付き合ってるってことでいいんだよな？』って訊いてきて、少し考えた後、私、マツにこう言ったの。『まぁ、そういうことになるかな』って」

マツがホイップクリームの髭を生やしていた。そのことを伝えないままにしてみる。ミクもいつの間にか黙り込んでいる。こっそりと彼女を眺めたり、ぬるくなったコーヒーを飲んでいると、マツが喋りだした。

「今はミクとオレは別れているけどな」

「そうね」

「オレもソウヤも、ミクのことが好き。それについてミクはどう思ってるわけ？」

「口に泡ついてる」

ミクに言われてマツが紙ナプキンで口許を拭く。

「それが感想？」

「違う。ただ気になっただけ。てか、それ、どういう質問？　私に一位とビリを決めろって言ってるの？」

「それいいね」

ボクが茶々を入れる。

「んー、でも決められないなぁ。ソウヤのこと知らなさすぎて」

「それじゃ、ミクの家、行ってもいい？」

「私の家来るの？　共働きで両親、夜遅いから、それまでなら、まぁ、いいかな」

「オレも行きたい」

「え、マッも?」

「お前は、もういいだろ。何度も行ってるんだから」

「え? ミクの家は一度も行ったこと無いよ」

「分かった。二人とも、うち来れば?」

「私の家は電車で二駅先の武蔵浦和、駅前のマンション。その前に駅で昼にしましょ」

「賛成!」

マッのテンションが異様に高い。昼の電車は空いていて、三人は並んで腰掛ける。窓から射す陽の光が背中に染み渡った。陸橋を走る電車の揺れが首に流れる度、瞼が重くなる。

「寝るなよ」

マッに釘を刺された。ミクも片目を瞑っていた。

武蔵野線から降りて、ホームの階段を一列になって下り、駅構内を斜めに渡ると、自動ドアを通った。惣菜がショーケースに並んでいる。美味しそうなそれらを眺めながら、さらに奥へと進む。有名なドーナツ屋から漂う砂糖の香りを味わったボクらは、フードコーナーに辿り着いた。

「うどん、でいい？」とミクが訊く。

「賛成！」とマツ。

「まぁ、いいっすけど」とボク。

山かけうどんを頼む。巨大なかき揚げをトッピングして、さらに上から天かすを振りかけた。マツは月見うどんを、ミクは期間限定の明太マヨうどんを頼んだようだ。眼鏡が湯気で曇る。眼鏡を外すと二人の表情が見えない。とろろが口許に付いて痒くなった。

「私、これ初めて食べたけど、意外と美味しい」

ミクの明太マヨうどんは確かに美味しそうに見える。

「オレもミクと同じのにすればよかったなあ。月見、単調なんだもん。ソウヤの山かけうどんもたまに食べたくなるよなぁ」

「え？　私、口痒くなるから苦手だな」

「そういえばソウヤって、麺啜らないのな」

「啜り方、親から教わってないから」

「なんだそれ」

ボクはうどんを口に入れては噛む、口に入れては噛む、を繰り返して食べていた。そのほうが上品だと思っている。

「ごちそうさま」と威勢よく言う。

「普通は外食で『ごちそうさま』は言わんよ。言っても心の中」

どうやら親友のマツとボクは馬が合っていないようだ。

武蔵浦和駅の改札を抜けると、先導のミクは人目に付かない秘密の通路を通って、何かの店内に入った。随分と広いようだが、ミクは慣れた足取りで突き進んでいく。ポップの書体に見覚えがある。どうやらメガバージョンの驚安の殿堂に居るようだ。マツは商品をキョロキョロ見回しながらミクについて行くのに対して、ボクは通路の先を見失わないように前を向いたままミクについて行く。ミクは化粧品や洋服を気持ち程度に眺めながら、全く後ろを確認せずに歩いていた。

店を出ると、ペンギンのキャラクターに見送られながらボクらは高架橋の下を沿うように歩いた。幅員のある歩道と比較的狭い車道はボクたちの身長をゆうに超える高さの柵で仕切られている。時々、その柵が途切れて車道や向かい側の歩道に渡れるようになっていた。ずっと前を向いて只管闊歩していたミクがこちらを振り向き「ここよ」と言ったが、向かい側の歩道へ渡っただけで、まだ家では無かった。コンビニを目印に路地裏へ入っていくミクを追いかける。向こうから来たお婆ちゃんを外側に避けたミクに、後ろから来た車がクラクションを鳴らした。ミクが再び後ろを振り返り「言ってよね」とふくれっ面で言った。車が来ていることを教えて欲しかったらしい。それから五分程直進すると茶色いマンションが空を押し上げていた。家が近くなったのかミクは駆け足になり、ボクたちを置き去りにした。マンションの前で「こっちこっち」と手招きしている。マツは「いきなり走るなよ」と注意した。

ミクが鍵のようなものをセンサーに翳した。エントランスの扉が開く。暗めのロビーを抜けて、エレベーターを待つ。扉が開き中に入る。誰も乗っていなかった。てっきりミクが階数のボタンを押すのかと待っていたが、アナウンスに怒られてから「あ、そっか。私しか知らないのか」と言って、四階のボタンを押した。エレベーターの中は空調が効いていて肌寒かった。マツは「秋なのに冷房かよ」とぼやいていた。

またもや足早になるミクの後ろ姿を懸命になって捕捉する。突き当たりがミクの家、清水家だった。

親が不在なことは知っていたが「お邪魔します」と律儀に言って靴を脱ぐ。ミクは靴を丁寧に揃えて置き、消臭スプレーを噴射してから駆け足で廊下を通り、すぐ左にある扉を開けて閉じ籠もった。マツと二人だけになると不法侵入をしているような気分になる。空気に溺れそうになってマツと目を合わせていると、聴いてはいけない音が耳に忍び込んで来たので、希少な機会だと耳を澄ましてしっかりとその音を聴いた。ミクが小さな部屋から出て、立ち竦むボクたちを見ていた。「リビングはこっち。段差あるから気をつけて」と案内されて正面の扉が開かれる。

秋の斜陽に磨かれたフローリングが眩しい。観葉植物に挟まれたソファーに座るようジェスチャーで指示されて、マツだけが腰を下ろした。ボクはミクの傍を離れたくない気持ちが足を止めていて、立ったまま室内を見回す。薄型テレビの前にはカプセルトイのアニメキャラクターのフィギュアが並べられている。灰色のソファーの前の透明なテーブルにはテレビのリモコンのみが置いてあった。

「何か飲む?」とミクが人数分のコップを持ってきた。

「何がある?」とマツが質問を質問で返すと、ミクは「何でもあるよ」と答えたのでボクはビールを頼む。

「あるよ。みんなで飲もうか」

「おお、いいね」とマツも賛同した。

ミクは冷蔵庫から六缶のビールを抱えてテーブルの上に置く。その後キッチンに戻り冷蔵庫を再び開けて減った分の缶ビールをパックから取り出して補充していた。

缶ビールをコップに勢いよく注ぐと泡の割合が多くなるので、コップを傾けて弱々しい滝を作りながら慎重に注ぐ。マツもミクも注ぎ終わったタイミングでボクが乾杯と言ってみんなでコップ同士をぶつけ合った。酒に強いアピールがしたくて一気に半分飲んだ。マツが「音楽掛けようぜ」と提案して、ミクがスマホで最近流行ったＪ－ＰＯＰをメドレーで流した。

「あ、ツマミが必要だね」とミクが思いつき、キッチンの棚から持ってきたのは、お徳用サイズの柿の種とピーナッツだった。「辛じょっぱくて食感も心地よい定番のツマミだね」とボクが言うと、マツが「ポテトチップスない？」と食い気味に言った。「あ、昨日全部食べちゃった」とミクが少し大きな声で答えて、ビールを呷った。スマートフォンの時刻は四時三分だ。ミクの両親が帰宅するまで概ね三時間はある。いや、夜遅いと言っていたから四時間以上あるのかもしれない。みんな沈黙していて間が持たない。

「ミクはいつも家で何してるの？」とボクは訊いてみる。

「んーと、テレビ観たり、雑誌読んだり、スマホいじったり、あとは、化粧の練習とか、お肌ケアとかかな」

「前半はボクとほとんど変わらないなぁ。じゃあ、仕事はしてるの？」

「仕事かぁ。前はやってたよ、コンビニのバイトとかスーパーのレジ打ちとか」

「今は？」

「店長が変わってから、なんか嫌になってきちゃって、夜勤もバンバン入れられちゃって、やめた。でも今年の夏までは頑張ったんだけどね」

「そういうソウヤ君は仕事何してるの？」

「アルバイトを嫌々ね……」

「そっか。生活費稼ぐために仕方なく、って感じかぁ。どんなアルバイト？」

「色々」

「例えば？」

「ピッキングとか、段ボール作り、あとは、冷凍室での作業とか」

「ピッキングって？」

「指定された商品を棚から選ぶ仕事だよ」

「へぇ、もっと聞かせて。ソウヤ君がどんなバイトしてきたかもっと知りたい」

両手を組んでミクにお願いされたら嫌悪感しかないバイトの話もするしかない。マツはどこを漁って見つけたのか、一人でポテトチップスを食べている。

「まずはピッキングの仕事ね。ボクが今まで担当してきた商品は、日用品とか、お歳暮とか、書籍とかで、もちろん一個ずつピックする訳じゃないから、十個とかをまとめてオリコンに入れる時もあるのね。オリコンっていうのは折り畳み式コンテナのこと。それに商品を入れて、パレットに積む。パレットってのは、オリコンをまとめて運ぶための下に敷く土台のことね。で、十個とか一気にピッキングする時は、複数包装してあるそれを剥がさなくていいのに、つまりバラにしなくていいのに、ボクは何も考えずにバラにしちゃってさ、怒られたこと何度もある。学習しないんだよね。何度か失敗しないと。

次に段ボール作り。これは誰でも出来る簡単な作業で、ただ単に段ボールを組み立ててガムテープで箱にすればいいのね。簡単な分、何度もこれをやってるプロとボクみたいな初心者では作るスピードが全然違って、全部プロがやったほうがいいんじゃないかって思うんだ。

最後に冷凍室での作業。マイナス一〇℃とか、たまにマイナス四〇℃とかの冷凍室の中で精肉とか鮮魚とかをオリコンに詰めたり、パレットの上に運んだりする仕事なんだけど、肉も魚も重くてね。体力使うんだ。筋肉も勝手に付くんじゃないかな。まあ、ざっとこんな感じ」

残っているビールを全部飲み干して渇いた喉を潤す。

「スーパーやコンビニの、私が想像していたアルバイトとは、何だか違う別次元のアルバイトで、聞いていて面白かったよ」

「別次元かぁ。まだ色んなバイトをこれからも経験していくんだろうなぁ」

ズボンのポケットの中が震え出す。心臓が疼き始める。多分アルバイト先からの電話だろう。もう一か月は働いていない。やることが分からないだけなのに、ぼーっと突っ立っていないでと叱られたことが原因で、それからはバイトを全て断ってきた。バイブレーションが切れる。別にお金に困っている訳でも無かった。

今、高校の時一目惚れしたミクが目の前に居て、彼女の家に来ているのにもかかわらず、気まずくて何もしていない。親友のマツが一緒に居ることで大胆な言動に出ることが難しい。ミクのことがもっと知りたい。

「ミクちゃんさぁ、自分の部屋って持ってる？　持ってたら見せて欲しいんだけど」

「自分の部屋？　あるよ。見せてもいいけど何もないよ」

ミクが立ったので、ボクも立つ。「見せて」ともう一度お願いをすると、ミクが「こっち」と歩き出す。くすみピンクのワンピース姿の彼女について行く。ミクの部屋はベッドが半分を占めていて、長机と椅子が窓側にあった。ここで暮らしているんだと感慨に耽りながら部屋全体を見回す。机上には音楽雑誌やファッション雑誌が並べてあり、閉じた蒼いノートパソコンが置いてある。

「パソコンあるけど、パソコンでいつも何してるの？」

「ネットとか、音楽流したり、あとは、デジタルイラスト描いたりとかしてる」

「デジタルイラストかぁ。よかったら見せてよ」

「えーっ、そんなに上手くないよ」

ミクはパソコンの電源を入れると、デスクトップにはコウテイペンギンのヒナが映る。

「ペンギン好きなの？」

ミクが頷く。顔を上げた瞬間に数秒間目と目が合う。

「ボクもペンギン好きだよ」

「そうなんだ」

パスワードを打ち込み、デジタルイラストのソフトを起ち上げる。画面にはアニメ調の少年と少女のイラストが現れる。パステルカラーで輪郭線が無く、温かいイメージを持つ作品だった。

「可愛い絵を描くんだね。ミクらしい」

ボクが絵を褒めると、彼女は小鳥の囀るような声で笑った。

「もっと見ていい？」と訊きながら、他の絵をクリックして開く。水族館に展示されている大量のクラゲを眺める若いカップルの絵だ。ミクが求める理想のデートなのかもしれない。

「それ、水族館に行った時に撮った写真をモチーフにして描いた」

「上手だね。情景が分かるもん」

「ほんと、ありがと」

「イラストレーター目指してるの？」

「え？　いや単なる趣味だよ。イラストレーターってなかなか厳しい業界だからね。はい、おしまい」

そう言ってミクがノートパソコンの電源を落とす。布団にダイブしたくなった。ベッドメーキングされている状態を壊すことが、ミクとの関係も壊してしまいそうで、踏み留まった。ベッドの下にライトノベルが並んでいる。

「ラノベ読むんだ」

「あぁ、よく見つけたね。ほとんど表紙のイラストを参考にしてるだけだよ」

マツの居るリビングに戻る。

「ミクの絵、凄かったよ」とマツに伝えてみた。

「知ってるよ。見たことあるもん」とあっさり返された。

救急車のサイレンが忙しなく鳴っている。

「なんかボードゲームとかトランプとか無いの？」

「トランプか、オセロか、イトならあるよ」

「イトって何だっけ？」

「やってみる？」

「賛成！」

ビールの空き缶やポテトチップスの袋が散乱している机の上を簡単に片づけてミクがカードを一人二枚ずつ裏向きで配っていく。

「このカードに書かれた数字を自分だけ見て、お題に合わせてカードの数字の度合いを言葉で表現して伝え合い、数字の大きい順にカードを並べるゲームだよ。お題、何にする？」

「恋愛感情の度合いでやろうぜ」とボクが提案する。

「なんだか難しそうだけどいいね」とマツに褒められたので、そのお題でやることになった。ボクのカードは2と80だった。

「ボクから言っていい？　こっちのカードは、気になるなぁ、って感じで、こっちのカードは、一目惚れ、って感じかな」

「気になるなぁ、は低そうだけどそんなに低くはなさそう。一目惚れは大分高めに聞こえるな」とマツが推理した。

「私もそんな感じに聞こえた。じゃ、次、行っていい？　こっちは、運命かもっ！　で、こっちは、嫌いじゃないなぁ、って感じ」

「運命かもっ！　は１００なんじゃないかな？　嫌いじゃないなぁ、は40とかそこら辺」とボクが推理してみる。

「確かになぁ。でも女性の恋愛感情と男性は違うからなぁ。ではオレのカードは、こっちは、大嫌い！　で、こっちは、大好きっ！　って感じ」

「マツの表現、雑すぎ。大嫌い！　は0なんじゃないのかな。大好きっ！　は90くらい？」とボクが推測する。

「予想だけど私の運命かもっ！　が一番大きくて、次に、マツくんの大好きっ！　かな。次にソウヤくんの一目惚れで、気になるなぁ、と嫌いじゃないなぁが良い勝負なのよね。マツくんはどう思う？」

「んーと、そうだなあ、若干だけど、気になるなぁ、の方が高い気がする」

「あー、じゃ待て待て。気になるなぁ、じゃなくて、興味なし、に変更で！」

「だいぶ下になったな。興味なし、だと流石に、嫌いじゃないなぁ、の方が高いな」

六枚のカードが並べられた。ミクが順に捲っていく。100、81、80、40、2、5。失敗。

「えーっ、大嫌い！　で5？」とミクが驚いている。

「大嫌い！　って思っていても、興味はあるだろ？　嫌いという興味が。だからオレは興味なしが0だと思っていた」

その後もイトを二回行い、三回目でようやく成功した。誰かの腹が鳴る。

「そろそろ夜ご飯にしようか。と言っても残り物のカレーがあるからさ。昨日うちが作ったやつ」

「おお、やった。ミクちゃんの手作りカレーだってさ」

「冷蔵庫の中にあるから出して温めて」

電子レンジで温めている間にマツはスマートフォンをいじり、ボクはレンジに表示されている時間表示のカウントダウンを眺めて、ミクはテレビを点けた。ゴールデンタイム前のニュースがやっていた。天気予報のようだ。明日は雨らしい。夜は晴れるそうだ。ニュースが終わり、秋の特番の音楽番組が始まる。

「一曲目は今年流行ったそれね」とテレビを観てボクが言う。その声でマツもテレビを一瞥した。

「オレ、この曲知らねぇ」とマツの言葉にミクは「それ本気で言ってる？」と少しキレた口調で驚く。

「ああ、サビは知ってたわ」

マツがミクと一緒に居る光景を傍《はた》から眺めていると、段々とマツの存在が目障りになってくる。まな板の上には鋭い光を先端に宿した包丁がある。ミクお手製のカレーライスが全員分温め終わった。ミクの隣にマツが陣取っているので、ボクはミクと対面して座る。

「いただきます」も言わずにマツがカレーライスを頬張った。ボクは睨みつけてミクに知らせる。ミクはテレビに夢中だ。ボクは声を大きくして「いただきます」と言い、彼女の作ったカレーライスを口に運んだ。ジャガイモは奇麗に皮が剥かれてあって、ニンジンも甘くなるまで煮込んでいる。タマネギは飴色になるまで炒めてあった。カレールーは中辛だが、ビターな甘さが後から追ってくる。

「隠し味にチョコレート入れてるでしょ」

「え、溶けてなかった？　しっかり溶かしたはずなんだけどなぁ」

「そうじゃなくて、味で推測したんだよ」

「チョコか。ソウヤ、よく分かったな」

ミクではなくマツに褒められた。全然嬉しくない。テレビはコマーシャル中だった。

「蜂蜜とかバターとかね、他にも色々と試したんだけど結局はチョコレートに落ち着いたんだよね。カカオ八十パーセントの苦いチョコ」

三口目の中に糸状の異物が交ざっている。舌に貼りついたそれを指でつまむ。髪の毛だった。長い。何事も無かったかのように取り繕おうとしたが、マツが「髪の毛じゃん」と言ったのでミクに気づかれる。

「あぁ、ごめん。入ってた？」

「全然大丈夫。気にしないで」

コマーシャルが終わり、歌が始まる。人気バンドの最新曲だ。自分も好きなバンドだったので、カレーを食べる手が止まる。歌詞に斬新なワードが入っていた。ミクに伝えたい言葉が浮かんだが、マツがトイレに行くまで口を噤む。なかなか退席してくれない。居眠りもしてくれない。伝えたい言葉も長い時間喉元に溜めておくと壊れていく。もう一度感想を言ったほうが良いのかなと思いつつカレーライスを食べ終わる。

「ごちそうさまでした。美味しかった」

立ち上がり、キッチンでカレーライスの入っていたプラスチックの保存容器を洗う。マツとミクは何かを話している。水の音で聞こえない。皿洗いの次は歯磨きをしたい。急遽ミクの家にお邪魔することになったので、歯ブラシやコップを持ってきていない。

「ミクー、使ってない歯ブラシない？」

と大声で訊いてから言わなければよかったと後悔する。

「帰ってから自分ので磨きなよ」とミクに尤もなことを言われた。

「ごめん、そうする」

リビングのソファーに戻る。ボクが来るとマツとミクは話をやめた。何の話をしていたのか訊くことが出来ずにテレビを観る。せっかくミクの家に居るのに、テレビを観ているだけで良いのかと疑問が湧き、ミクの顔をじっと正面から見つめてみた。高校生の頃よりも端正な大人びた顔立ちになっていて、これからどんな顔に変わっていくのか楽しみになる。三秒間向き合ってからミクはテレビの方に視線を逸らした。彼女により興味を持ってもらうためには、マツをどうにか排除して二人きりになるしかないと思う。

　窓の外は深いインディゴブルーに色づき、ミクはカーテンを閉めた。カーテンが閉まると部屋は一層密室になり、彼女への独占欲も高まっていく。マツを簡単に排斥出来ないとしたら、もっと大胆な行動に出るほか無いのだろう。羽目を外す勇気を振り絞るために、少しだけ理性を捨てる。テレビを観ているミクにそっと近づき、背後で息を潜めた。彼女の横に居るマツもテレビを眺めている。アップテンポなラブソングが早鐘を打つ鼓動に絡みつく。ボクは両腕を広げて、ミクの身体に抱きついた。温もりを纏った肋骨の感触が腕を伝い、掌は彼女の胸を押し込んでいた。ミクは短い悲鳴を上げて、ボクの手を乱暴に振り払おうとするが、ボクがそれを許さない。

「ねぇ、やめて！　いきなりどうしたの？」とミクは戸惑い、激しくもがいている。

「ごめん……どうしても近づきたくて、さ」と言い、腕を放す。ミクは避難するようにマツの方へ近寄ってしまった。

罪悪感が足元から煙ってきて、彼女と距離を取った。

「運命かもっ！　って思った？」

ミクはそれには答えないで、そっぽを向いて口を噤んでいた。ミクとの関係に亀裂が入った気がした。掌にはまだミクの胸の形をした感触がうっすらと残っている。ボクは元の場所には戻らずに、彼女の後ろでテレビをしばらくの間眺めていた。

「そろそろ風呂の時間なんだけど、帰ってくれるかな？」

とミクは立ち上がり、風呂の追い焚きボタンを押す。彼女はすぐには戻らずに、冷蔵庫から飲み物を取り出し、人数分をコップに注いで運んできた。

「はい、麦茶。冷たいよ。これ飲んだら帰って」

「ありがとう」とボクとマツはお礼をした後、麦茶を一口飲んだ。ビールで軽く火照った喉に澄み切ったまろやかな涼味が広がる。音楽番組は昭和のリバイバルヒット曲を当時の映像で紹介していた。どれも聴いたことがある。三人でテレビを観ながら、この曲知ってる、とか言い合っている間に、風呂が沸く。

「ほらー、二人が帰らないから風呂沸いちゃったじゃない」

「入ってくればいいじゃん」とマツが言う。

「男子が居るのに裸になれって言うの？」

「大丈夫、見ないから」と、ボク。

「そういう問題じゃないでしょ！　いいから帰ってよ」ミクが顔を赤らめる。

「まだ麦茶残ってるし。それにまだ六時だぜ。両親は帰ってこないでしょ？」とマツの言葉に根負けしたようにミクは「分かった。風呂、入ってくるね」と言い残し、脱衣所に消える。もちろんドアを閉めていた。マツと二人きりになると、お互いに気まずくなって、テレビを観たりスマートフォンをいじったりして過ごした。頭の中では、ミクの入浴姿を妄想していた。透明のガラステーブルの上には、彼女の赤い携帯が置いてある。

風呂から出たような音が聴こえたが、脱衣所で髪を乾かしたり、整えたりしているようで、なかなかミクは現れなかった。何度か彼女の携帯が震えていた。なかなか姿を現さないので、覗いてやろうかと何度も思う。それから十分くらいしてミクがリビングに戻ってきた。髪は艶を帯びていて、水色のストライプのパジャマに着替えていた。

「そろそろ両親、帰ってくるし、流石に二人も帰ったら?」と言われて、スマートフォンの時刻を見る。夜の七時を過ぎていた。ミクを恋人にしたくて、家に来たが、ただ単に彼女の家に招かれているだけだった。何か爪痕を残せないかと思考を巡らしたが、もう一度抱きつくか、キスをするか、など突飛な行動ばかりで、逆に引かれてしまいそうだと思い、今回は自粛することにした。玄関までミクに見送ってもらい、スマートフォンのナビ機能を使って、武蔵浦和駅まで行き、マツとボクはそれぞれ家路に就いた。

好きと伝えたのに、家まで行ったのに、ハグまでしたのに、ミクを彼女に出来ていない。清水未来のＬＩＮＥを開く。付き合ってください、と半分まで書いたが、ＬＩＮＥで告白するより、直接伝えるべきだと思い直す。文面をリセットして「もう一度会いませんか」と送信する。少し待ったが、既読は付かない。

既読が付かないまま、一週間が経った。

アルバイト先からの電話がその間に何度も掛かってきて、流石に申し訳無いと思い始めていたこともあり、久しぶりに電話に出てみた。近所の流通センターでの仕事だった。五、六回程経験済みで、大体の段取りは分かっていた。冷蔵での仕事なので、ヒートテックやセーターを着て、六時間の夕勤に挑む。仕事が始まるまで休憩室で待機する時間が嫌いだった。身体は休まるが、心が休まらないし、五分前行動を意識していると、早く勤務時間にならないかなと思ってしまう。三時五十五分になり、一階に下りる。垂れ下がったロープを下に引っ張り、分厚い扉を開く。冷蔵のゾーンに入り、会社名を伝えると、早速仕事が与えられた。ブロッコリーや大根などがぎっしり詰まった重たい段ボールがジェンガ状に積まれたパレットから、台車に十個ずつ載せて、定位置まで運ぶという作業だった。

　ブロッコリーや大根など野菜の段ボールは比較的軽いのだが、中盤に差し掛かると必ずやってくるバナナの段ボールが強敵だ。フィリピンやエクアドルなどの南国産のバナナが隙間無く詰まった段ボールは肩や腰に負担が掛かる。おまけに台車に載せる幅がぴったりなために、上手く平らに積むことが容易ではない。斜めに差し込んで、上から叩くことがコツなのだが、頭で分かっていてもなかなか上手くいかない。ベテランの人に手伝って貰うことは出来るが、何度も人に頼っていると、何にも出来ないという不本意なレッテルが貼られるので、自力で熟さなければならなかった。ある程度、台車に段ボールを積んだら、今度は地域ごとに分けられた大きな台車に載せ替える。大きな台車はすでに倉庫内に並べてあり、数字を頼りに正しい台車を探していく。終盤に差し掛かると、大きな台車も積載不可能になり、別の大きな台車を用意していくのだが、どんどん通り道が侵食されて、台車一台置くだけで通行止めになってしまう。そのことを懸念して、ベテランの人たちは、積み方も厳しく指導してくるのだ。

終了の時間になると、アルバイトの人は終わりだよ、と声が掛かった。休憩室のロッカーで身支度を整えて、仕事場を後にする。

夜ご飯は近くのハンバーガーチェーンで済ませることにしていた。二十四時間営業のハンバーガーチェーンだ。店内に入り、掌の消毒を済ませて、カウンターに近づく。店員がどちらになさいますか？　と訊いてから、机上のメニュー表を見て決めるため、いつも目に飛び込む照り焼きバーガーか、期間限定の商品ばかりを注文している。フライドポテトよりも、チキンナゲットを頼んでいた。ソースは九割方、バーベキューだが、たまにマスタードも選ぶ。お盆を持って席に着くと、ようやく仕事を終えた安堵感に包まれた。夜なので家族連れは居なかった。昼間に来ると、ファミリーでごった返しているから、夜のほうが気に入っている。アイスティーを飲み、注文した照り焼きバーガーにかじりつく。スマートフォンを開き、ミクからの通知を確認したが、まだ既読すら付いていなかった。何かあったのだろうか、と心配になってくる。ミクの家なら知っているから、明日チャイムでも押しに行こう。

昨晩は遅くまで寝つけなかったが、朝の七時に目が覚めた。スマートフォンの通知を確認する。ミクからの既読はまだ無い。朝ご飯を済ませてから、録画した昨日の番組を観て、早速ミクの家に突撃するために家を出た。武蔵野線で武蔵浦和駅まで行き、線路沿いを歩く。コンビニが見えたので車道を渡り、真っ直ぐ進むとミクの住むマンションが見えてきた。エントランスは誰かが通って扉を開くのを待ち伏せして侵入する。四階まで階段で上がり、突き当たりにある清水家の前まで来た。何と伝えれば、ミクと会えるのか分からず、扉の前で必死に言葉を紡ぐ。作った言葉を忘れないようにインターホンを押した。濁った電子音が短く鳴った後、どちら様でしょうか？　と女性の声がする。低く訝しげに聞こえた。

「ミクさんの友達の奏也です。ここ最近音信不通なので何かあったのかと急遽駆けつけちゃいました」

「え？　ソウヤ？　来ちゃったの？　熱出しちゃって、うつしちゃうと申し訳ないから治るまで連絡出来なかった」

「え？　ミク？　今は元気なの？」

「熱は落ち着いたけど、まだ咳が出ててさ。悪いけど帰ってくれない？　連絡は元気になったらするからさ」

　咳が聞こえて、インターホンが切れた。体調不良なら諦めるしかなかったが、家の中にミクが居ることが分かると、すぐに踵を返したくない気持ちも出てきた。ただ扉の前にずっと居たら不審者かとマンションの居住者に見られて警察を呼ばれそうだ。五分くらい扉の前に居たけれど、早く元気になってね、と扉越しに声を掛けて、マンションの階段を下りた。

　ミクが元気になって連絡してくれる日を待ち侘びたが、二週間経って、ようやく既読が付いただけだった。ミクを彼女にすることはボクには叶わないのだろうか。ボクは嫌われてしまったのだろうか。


　月に一度、ボクはメンタルクリニックで診察を受けることになっていた。

予約をした午後五時の十五分前にクリニックに着く。呼ばれるまで待合室で読書をした。精神病は完治している患者が多いため、誰も私語を発しない。「鈴木さん、鈴木奏也さん。一番の診察室にお入りください」とアナウンスされたので、本を閉じて主治医の居る診察室の扉をノックした。どうぞ、といつもの声がしたので失礼します、と言って中に入る。こんにちは、と挨拶を交わした後、

「今月はどうお過ごしでしたか？」と訊かれる。

「あまり言いたくないんですけど、最近、恋をしてまして、でもその彼女と音信不通なんですよ」

「あら、それは気の毒ですね。何か彼女さんに対して悪いことでもなさったのですか？」

「本当に言いたくないのですけれど」

「おっしゃらなくても結構ですよ」

「いや、大丈夫です。実は、いきなり抱きついてしまって」

「それは大胆ですね。意外と肉食系なんですね」

「いや、そうなのかな？」

白で統一された診察室の中は清潔感があり、まるで主治医の書斎に招かれているようだった。

その後も三分くらい近況報告をしてから、次回の予約の話になる。

「空いているのは月末ですよ」

「では、その日で」

「分かりました。月末の三十一日までの薬を用意しておきますね」

「はい。ありがとうございます」

「では以上となります」

「はい。失礼しました」

テレビがある待合室に戻り、五分後に「鈴木奏也さん」と受付に呼ばれた。処方箋と領収書を受け取り、最寄りの薬局へ向かい、読書の続きをしてから、飲み薬を受け取って薬局を出た。精神病院に通っていたことで、完治した後も再発が起こらないように月に一回メンタルクリニックに通っているのだ。

　ある日の夜、ベッドの上でスマートフォンに新しいアプリケーションを入れた。マッチングアプリだ。ミク一途で貫き通したかった。けれども、ミクはマツを選んだ。今は別れているらしいが、いずれまた付き合いだす予感がする。

　自分の趣味を選択してから、理想のデートを選択肢の中から探す。ニックネームは「ソウヤ」にした。小学校の頃、「そうくん」と呼ばれていた時期もあったが、ほとんど「ソウヤくん」と呼ばれている。苗字はありきたりな鈴木だから、下の名前で呼称されるのだ。プロフィールの文章を書く手が止まる。これで自分の印象が決まる気がする。顔写真は通過点で、内面が審査対象。出身大学を書くと、自慢のように思える。有名な大学ではないのだが、大学を卒業しているだけですでにエリートとして見られるから、同じ大卒の相手にしかアピールが出来ない。職業を書くことも効果的なのだが、ボクの場合、不定期のアルバイトのため、年収も低く、逆効果になる。アプリケーションを始めたきっかけも書きたくない。結局、性格と好きなタイプと趣味だけを書いて、マッチングアプリを始める。

いきなり可愛い女性の顔写真が出てきた。スタイルも良い。プロフィールを見ると、ディズニーが好きだった。ディズニーには行ったことが無いし、絶叫系が苦手だ。割れたハートをタップして、次の女性の写真やプロフィールを見るが、この人もディズニーに彼氏と行くのが夢だと書いてある。思っていた以上にディズニーの女性人気は高い。絶叫系以外なら楽しめるかな、と苦笑いして赤いハートをタップした。

次の日の朝、スマートフォンからの通知を確認していると、二重ハートのアイコンが表示された。ボクに赤いハートが贈られたらしい。素敵な女性の顔を思い浮かべながら、マッチングアプリを起動する。あなたに赤いハートが贈られました！　というメッセージをタップすると、五十代の女性からだった。流石に年が離れ過ぎているし、プロフィールを読むと、四十代より年上がいいです、と書いてあり、間違って赤いハートをタップしただけのようだった。

プロフィールに嫌々派遣のアルバイトをしています、と書いてある女性を発見して、同じだと思い、赤いハートを贈った。すぐに女性とのメッセージに発展するだろうと高をくくっていたけれど、そんなに甘くないみたいだ。

課金をすることで自分のプロフィールをより多くの女性に見てもらえるらしい。クレジットカードの情報を入力して、課金してみた。十分間のカウントダウンが表示される。課金することで生じたブーストタイムが終わるまでボクのプロフィールが女性に見られやすくなっているようだ。残り七分で三十歳の女性から赤いハートが贈られてきた。年上の女性よりも年下か同年代の女性のほうが興味はあった。今度は残り三十秒で同年代の二十四歳の女性から赤いハートが贈られてきた。顔写真はあざといくらいに可愛かった。ニックネームはレモンで、趣味は秘密らしい。レモンのことをもっと知りたいと思い、赤いハートを贈り返す。マッチングが成立しました！　のメッセージが出た。レモンとのメッセージのやり取りが出来るようになった。「はじめまして。ソウヤです。よかったらボクと話しませんか？」と送ってみる。ＬＩＮＥとは異なり既読機能は無いようだ。

一時間後、レモンからのメッセージを受け取りました！　と連絡が来たので確認すると「はじめまして！　レモンです（笑顔の絵文字）」と控えめな文章が届いていた。暗転していた恋心に微かな火が灯る。「顔写真素敵ですね（光の絵文字）」と送ってみた。すぐにレモンからのメッセージが届く。「ありがとうございます（汗の絵文字）ソウヤくんはどうしてマッチングアプリを始められたんですか？」鋭い質問だ。正直に答えてみる。「初恋の女性と仲が悪くなってしまって、次の恋を探しているところです笑」返信が来る。「そうなんだ。どうして仲が悪くなってしまったの？」返しづらい質問だけれど会話を続けたいので、メッセージを綴る。送信をタップすると、ポイントが足りません、と注意されて送れなかった。課金することでポイントを買い、そのポイントでメッセージを送ることが出来る仕組みになっているようだ。クレジットカードで五千円を支払い、購入したポイントでレモンに「親友に先に取られちゃったんだ。ボクは実家暮らしだけど、レモンちゃんは？」と送る。五分後に返信が来た。「一人暮らしだよ（照れ顔の絵文字）ソウヤくんは一人暮らししたいなぁとかないの？（目玉の絵文字）」

その後もレモンとボクとのメッセージのやり取りは続いた。好きな動物や好きな食べ物、嫌いな食べ物、いつも観ている番組のジャンル、オススメの小説、そして秘密だった趣味も訊くことが出来た。お菓子作りらしい。今の仕事も訊いた。「当ててみて？」と送られてきたので「趣味がお菓子作りだから、ケーキ屋さん？」と返す。「惜しいね、カフェだよ」と三分後に答えが来た。マッチングしてから三日が経ち、レモンの本名が篠宮麗門《れもん》だと分かった。

相変わらずレモンの返信は早い。五日目になるとお互いに「好きだよ」「大好き」と書き合える仲になったので「デートしたいんだけど、いつ空いてるかな？（目がハートの絵文字）」と思い切って送ってみる。八分後に返信が来た。「週末の土曜日なら空いてるよ（揺れるハートの絵文字）」とのことだったので、その日にデートをする約束を交わした。「どんなデートがしたいの？（涙目の絵文字）」と訊かれたので「カラオケが好きだから、カラオケデートがしたい！（マイクの絵文字）」と送ってみた。「私もカラオケ好きだよ！（揺れるハートの絵文字）歌上手いの？」と返ってきた。「普通よりちょっと上手いかな。78点〜84点くらいだよ」「いいね（揺れるハートの絵文字）私、歌下手だよ。笑わないでね？」「あまりにも音痴だったら笑っちゃうかも。レモンは好きな歌手居るの？」「ミセスだよ！　Mrs. GREEN APPLE。ソウヤくんは？」「『青と夏』、好きだよ！　奇麗な歌声だよね！　ボクはヒゲダンが一番好きだよ！　Official髭男dism。どの曲も名曲だよね！」「確かに！　何かヒゲダンでオススメの曲ってある？」

メッセージのやり取りが盛り上がったまま、約束の日を迎えた。レモンは車で待ち合わせ場所の北朝霞駅前ロータリーまで来てくれるらしい。ボクは三十分早めに来て、朝霞台駅のコーヒーショップで時間を潰していた。店内は細長くて、絶妙に聴いたことのない音楽が掛かっている。アイスコーヒーのLサイズを頼み、又吉直樹さんのエッセイを読みながら時々スマートフォンで時刻を確認したり、レモンとメッセージを交わしたりしながら到着を待っていた。約束の夕方六時を過ぎても、レモンはまだ車の中らしい。ボクのために何かは分からないがプレゼントを買ったらしく、到着が遅れるそうだ。コーヒーが飲み終わりそうなところでレモンから「さっきから車から変な音がするんだけど、心配だからJAFを呼んでもいいかな？　それとも車を置いてタクシーでそっち向かったほうがいい？」と送られてきて焦る。レモンの人生を自分が選択することになった。逸る気持ちに一旦錨を下ろして「見てもらったほうがいいんじゃないかな。待ってるよ（二重ハートの絵文字）」と送る。十分後にレモンから「今、修理してもらってるよ！　タイヤがパンクしてたみたい。ごめんね、こんな時に（泣き顔の絵文字）。JAFの人には大事な人を待たせているので、なるべく早くお願いします、って言ってあるよ（二重ハートの絵文字）」と返ってきた。「大事な時に限って、不運って起こるよね。又吉さんのエッセイ面白いから、まだ待てるよ（二重ハートの絵文字）」と送る。隣の席の人が男性から女性に替わり、さっきから何度も入れ替わっていた。

時刻は夜の七時を過ぎていた。「そろそろお腹空いちゃったから、レストランで夜ご飯食べていてもいいかな？」と了承を得てから、駅前のファミリーレストランに場所を移す。課金のし過ぎであまり贅沢は出来なかった。一番安いサラダと比較的リーズナブルな、チキンステーキポテトチーズ焼きとライスを頼む。軽快な音楽を流しながらネコちゃんロボットが料理を運んできた。「失礼するニャ！」と言い残して去っていく。妙な時代になったと常々思う。レモンの愛車はタイヤの交換がようやく終わったらしい。急いで向かうと送られてきた。フォークとナイフとスプーンを駆使して食べ終わる。レモンから到着の連絡はまだ無かった。空になった皿を女性店員が厨房に運ぶと、あまり長居は出来ない気がして、レモンに「まだ着かないの？　食べ終わっちゃったから、駅前のベンチでちょっとだけ待つよ。それでも来なかったら帰るからね」と送り、会計を済ませて店を出る。

駅前のベンチに腰掛けて、秋の冷えた夜風に全身で浸かる。イヤホンを忘れたので配信動画も音無しで視聴するしかなかった。無音の動画に虚ろな目を落としながら、たまに来るレモンのメッセージに返信をする。「さっきのこともあるから、慎重に安全運転でそちらに向かってる」とのことで、いつ着くかは不明だった。ボクが「風邪ひきそう。早くして」と送ると「外で待つと寒いから、どこか建物に入ってて」と返ってきた。無料で建物に入って休めるところがコロナ禍になってからほとんど無いため「そんなに待たせるなら帰るね。また後日会おうね」と送って帰路をなぞった。すぐに返信が来たので読むと「えー、もう帰っちゃうの？　私と会うんじゃないの？　約束でしょ」と甘えられたので「そっちが約束の時間に来ないからでしょ！　帰るからね」と返した。

夜の十時過ぎに家に着いた。追い焚きのボタンを押して、風呂が沸くまでスマートフォンの動画を視聴し、沸いたのでシャワーを浴びて湯船に浸かり、湿った髪で布団に入る。

次の日の朝、レモンからのメッセージを読むと「来週ならいつ会えそう？」と訊かれたので、来週の土曜日に会う約束をした。今度は昼の一時に会うことにした。これならレモンが遅れて来ても夕方には会えるだろう。

銀行口座の残高をスマートフォンのアプリで確認すると、クレジットカードの決済が七万円を超えていた。ボクはレモンに七万円課金したようだ。そろそろ生活にも影響が出そうなので、メッセージのやり取りを控えることにした。好きな歌、トレーディングカードゲーム、アニメの話などをして、約束の日の前日になる。「おはよー（揺れるハートの絵文字）明日は約束の日だね！　レモンちゃんと会えるの楽しみ！」と送ると、三分後にスマートフォンが震えた。すぐ読まずに放っていると、再びバイブレーションの音がした。確認すると「おはよー（揺れるハートの絵文字）明日だね！　私も楽しみ」のメッセージと「明日のことで話があるんだけど聞いてくれるかな?」という不穏なメッセージが来ていた。「何?」と返す。五分後に長文が送られてくる。

「実は、ついさっき、うちの母親が危篤状態になっちゃって。突然倒れちゃったから、実家に帰らないといけなくなりそう。明日会う約束は無しにしてくれるかな?　また来週会おうね。ごめんね、私だって早くソウヤくんに会いたいよ」とのこと。作り話か本当の話かは分からないが、とにかくまた来週に延期することになった。「それは仕方ないね。来週の日曜日なら絶対会えそう?」と渋々返した。「うん、多分会えると思うよ！　会ったらハグしてもらってもいいかな？」「ハグね！　分かった。会ったらしてあげるね。来週絶対会おうね。約束だよ！」

約束の日までレモンとボクとの適当なメッセージのやり取りが続いた。これ以上は課金が出来ないと思ったところで約束の日になった。

「おはよー（揺れるハートの絵文字）今日はデートの約束の日だね！　今日は会えそうだね！」と送る。四分後にバイブレーションが鳴った。今度は一回だけだ。大丈夫。きっと会える。

「おはよー。実家の母親がまた倒れたらしいの。それで今度は本当に実家に帰らないといけなくなって、度々ごめん！　来週に延期してくれるかな？」とのことだった。いよいよ怪しい。これほどまで会う日に限って会えなくなることなんてあるのだろうか。「本当に会いたいと思ってる？　分かった。来週の日曜日がラストチャンスね。次は、延期は無しだからね」

一日に一回だけ課金をすると心に決めて、ゆっくりとレモンとのメッセージを交わす。アルバイトも一回入れて生活費の足しにした。夜中に何度もミクの顔が浮かぶ。日が経つにつれてメッセージに愛情が欠けてきたが、レモンは海デートしたいねとか、海外旅行したいねとか、日に日にボクへの愛情が増していた。ようやく約束の日曜日になった。今回はラストチャンスと釘を刺したから、大丈夫だと願いながら「おはよー（揺れるハートの絵文字）ついに約束の日だね！　今日はラストチャンスだからね」と送る。五分後に返信が来た。

「最近、生理が始まったみたいで体調が悪いの。ごめん！　今日は無しにして来週会えない？」とのことだった。恐らくレモンはボクと会いたいのではなくて、メッセージのやり取りがしたいのだろう。このまま延期を続けていても、永遠に会えない気がする。

「ラストチャンスって言ったでしょ！　もう延期はダメ。これ以上課金はしないから、LINEの交換してくれない？　しないなら縁を切るよ」「LINE交換は会ってからって約束でしょ？　縁を切るって私のこと嫌いになっちゃったのかな（泣き顔の絵文字）」確かに嫌いかもしれない。レモンは恐らく業者ではない。課金をさせて儲ける仕事をしている訳ではなく、ただボクとこのマッチングアプリでメッセージを交わしたいだけだ。レモンは知らず知らずのうちに業者を演じてしまったのだろう。縁を切るしかない。「さよなら」と送り、マッチングアプリをアンインストールした。

初恋の未練が燻ぶっていて、ミク以外の他の女性に興味を持つこと自体が憚られた。やはり自分にはミクしかいない。マツのＬＩＮＥに、「お前、まさかミクと一緒に居ないよな?」と送る。夜には既読が付いて、マツから、「オレはそんなに元カノに媚びてないよ」と返信が来た。ミクは高熱だけでなくてボクへのほとぼりも冷ましてしまったみたいだ。ＬＩＮＥがダメなら、ラブレターはどうだろう。住所を知っているし、郵便番号なら調べられる。水族館で購入したコウテイペンギンのポストカードに黒の油性ペンで「清水未来へ」と書き込む。

「突然のお便り、すみません。ボクはずっとミクのことが忘れられません。マッチングアプリをしても、やはり、ミク以外の女性に興味を持てないです。もう熱は治っていると思います。よければ、明日の昼一時に、武蔵浦和の駅改札へ来て欲しいです。待っています。鈴木奏也」と丁寧な文字を意識して書いてから、明日までにこの手紙が届くか分からないと思い、「明日」を二重線で消して、「十二月十日」と横に書いてから、封筒に入れて近所のポストに投函した。一日千秋の想いを抱えたまま、三日後の十二月十日がやってきた。昼の何時に待ち合わせ時間を設定したか、うろ覚えだったが、なんとか昼一時だと憶い出して、武蔵野線に乗る。口内が乾燥して痒くなっていた。何度もスマートフォンで時刻を確認して、車窓を眺めながら立ったまま電車に揺られる。北朝霞駅から西浦和駅までの約四分。二つの鉄橋と最後の大きな揺れで身体のバランスを崩しながら、ミクのことを想った。西浦和駅から武蔵浦和駅まではあっという間で、心の準備も中途半端なタイミングで降車する。

月面を歩いているかのような浮ついた足取りでホームのコンクリートを踏み締めて、人込みに抜かされながら階段を一歩一歩慎重に下りた。階段を下ってから踊り場みたいなところを歩き、今度は階段を上る。駅構内に出ると、中央の白い柱をすり抜けて、埼京線のホームへと続くエスカレーターに並ぶ数多の人影を躱した。改札の方へゆっくりと近づきながら、首を動かしてミクの姿を探す。時刻は十時五十二分。約束の駅改札で立ち止まる。サラリーマンや高校生、家族連れなどの雑多な人波に見られながら、視線をスマートフォンに逸らして彼女を待った。五分くらいして、ミクは武蔵浦和に住んでいるのだから、改札を出た方が良いと気づき、駅の外で待つことにした。

冬の凍てつく風と柔らかな陽射しが交互にボクの身体をまさぐる。十一時になり、辺りを見回す。ミクは居ない。水筒の中のジャスミン茶を飲み、寒さと眩しさを耐え忍んだ。目を瞑り、ミクが声を掛けてくれることを願ってみた。立ちながら寝ている変な人になりそうで、三秒程で目を開く。携帯が震える。スマートフォンを開くと、ＬＩＮＥのアイコンが灯っていた。「もう一度会いませんか」に返信が来ている。「お手紙読みました。外じゃ恥ずかしいので、家まで来てください」とのことだった。返しの文章を考えるよりも先に足が動いていた。ミクの住むマンションまでその足は止まることは無かった。

前回と同様に誰かがエントランスの扉を開けた時に入り込むことを企む。高齢の女性が扉を開けてくれた。急いでエントランスに飛び込むと、「あなた、マンションの人じゃありませんね」と大声で言われた。「侵入者でしょ。出なさい」と今度は鋭い剣幕でボクを引き止めた。すみません、と謝りながらエントランスを出ると、高齢の女性は「早まってはいけません」と言ってどこかへ行った。

仕方なくミクのＬＩＮＥに「悪いけど、エントランスまで来てくれる？」と打ち込む。二分後に二つの返信が来た。「じゃあ前はどうやってうちまで来たのよ」「分かった。待ってて」

先程の高齢の女性が戻ってくる前に来て、と願いながらエントランスの扉の前で縮こまっていると、ミクが本当に来てくれた。小奇麗な白いコートを身に纏っていた。その下は黒のロングスカートだった。部屋着ではなさそうだ。「ミク、似合ってるね」という言葉が喉元まで出かけたけれど、結局伝えられないままエレベーターで四階まで上がった。密室のエレベーターの中でミクと二人きりになっているのに沈黙していたことを悔やみながら、清水家に着いた。

ミクが鍵を差し込み、扉が開かれる。小声でお邪魔します、と言って靴を脱ぐと、玄関の扉に鍵が掛けられた。

再び、二人きりの密室になる。今すぐにでも抱きつきたい。逸る気持ちを抑えながらリビングに入る。いきなり突飛な行動を取る前に想いの丈をぶつけるべきだ。ミクは灰色のソファーに腰を深く下ろしている。ボクはその前に跪く。

何？　と目を丸くして固まるミク。息を吐いて乱れた呼吸を落ち着かせるボク。

「ボクは、ミクちゃんの、清水未来の、ことが一生忘れられません。よかったら、ボクと――」

声が上ずった。咳払いをして、下を向く。ミクのことをもう一度見上げる。

「付き合ってください」

……視界が淡く滲んでいる。

彼女の姿もぼやけていた。自分の世界に酔っているような感覚があった。白昼夢に溺れているような、夜の魔力に呪われているような、懐かしい感覚だ。

寝室のベッドで寝ている彼女を襲いたいのか、起こしたいのか、殺したいのか、自分でも分からない。右手に何かを握り締めて、ダークトーンの色彩の中、ほのかに白く灯る彼女の寝顔へと近づいて行く。

本作品はフィクションです。
実在する個人名・団体名とは一切関係ありません。

著者プロフィール
城谷 創懐（しろたに くらふと）
1998年4月29日生まれ
埼玉県出身 埼玉県在住
日本大学藝術学部文芸学科卒業
今作が小説デビュー作

不器用なボクと小奇麗なミク

2023年11月15日 初版第1刷発行

著 者 城谷 創懐
発行者 瓜谷 綱延
発行所 株式会社文芸社
〒160-0022 東京都新宿区新宿1－10－1
電話 03-5369-3060（代表）
03-5369-2299（販売）

印刷所 株式会社エーヴィスシステムズ

ISBN978-4-286-24665-9